DAB EDITORE

BLANCO Y NEGRO
LIBRO DE ALTO CONTRASTE PARA BEBÉS

Gracias por elegir este libro.
Si está satisfecho con su compra, le rogamos que deje una breve reseña
en Amazon.
Nos interesa mucho su opinión.

Queridos Mamá y Papá,
Este libro ha sido diseñado y creado para todos los padres como una ayuda educativa para estimular el desarrollo visual y cognitivo de su hijo.

Sin embargo, el libro no debe ser considerado como un juguete, su uso debe ser bajo la supervisión directa de los padres y debe mantenerse fuera del alcance de los niños.

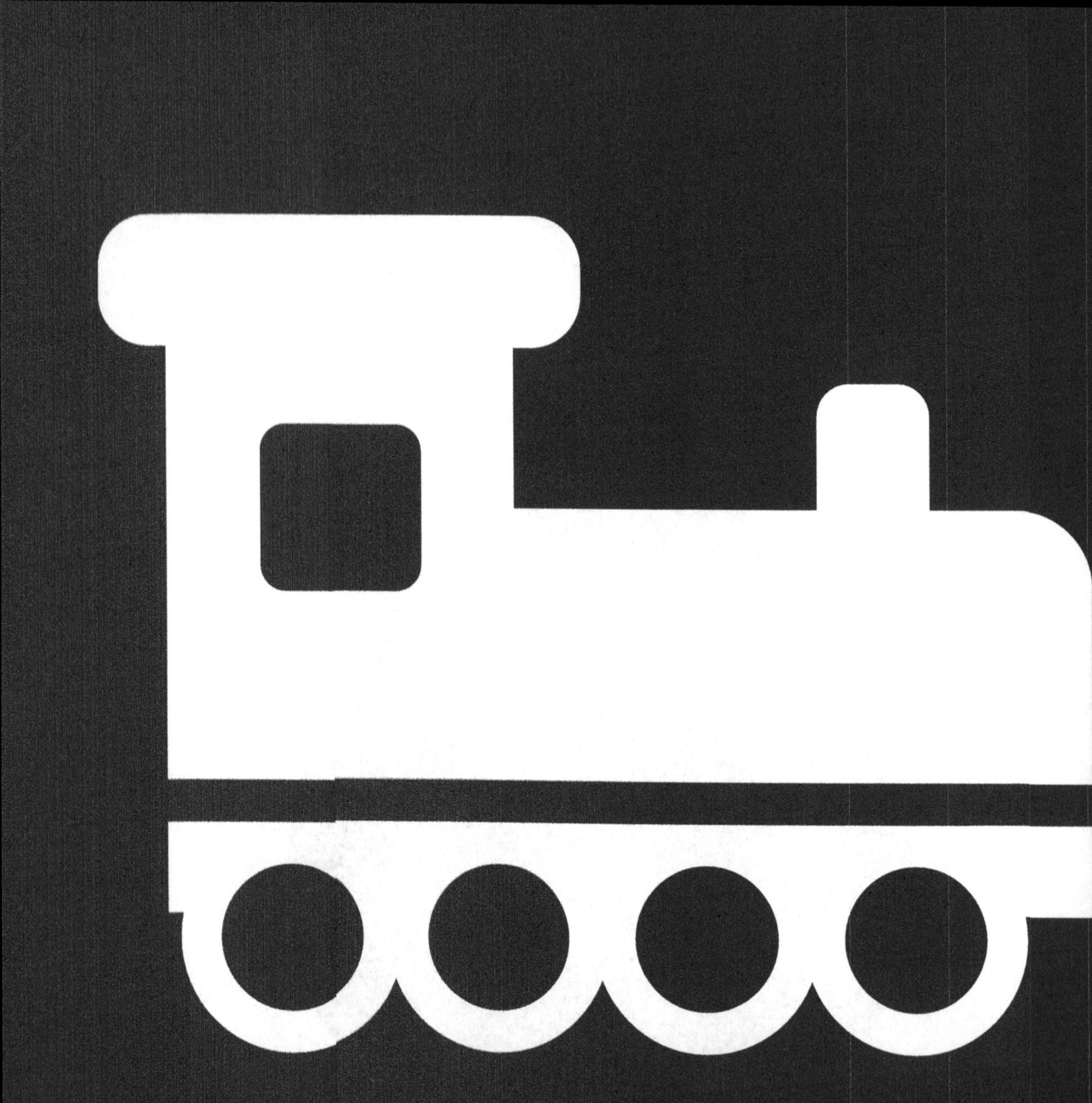

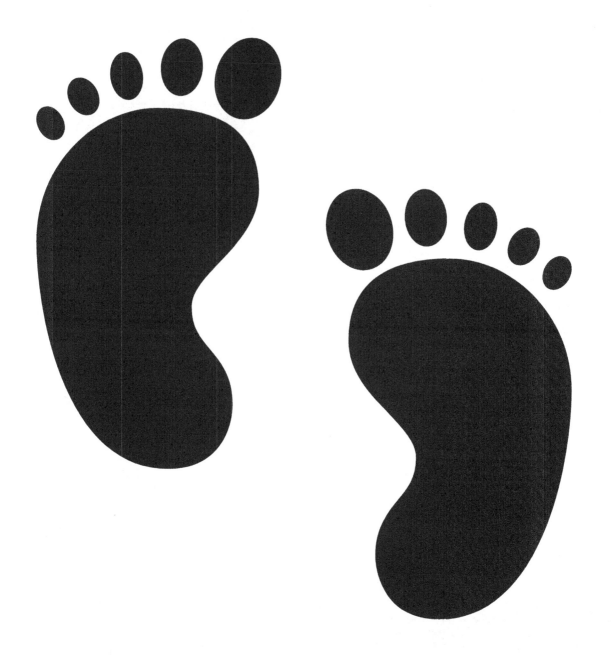

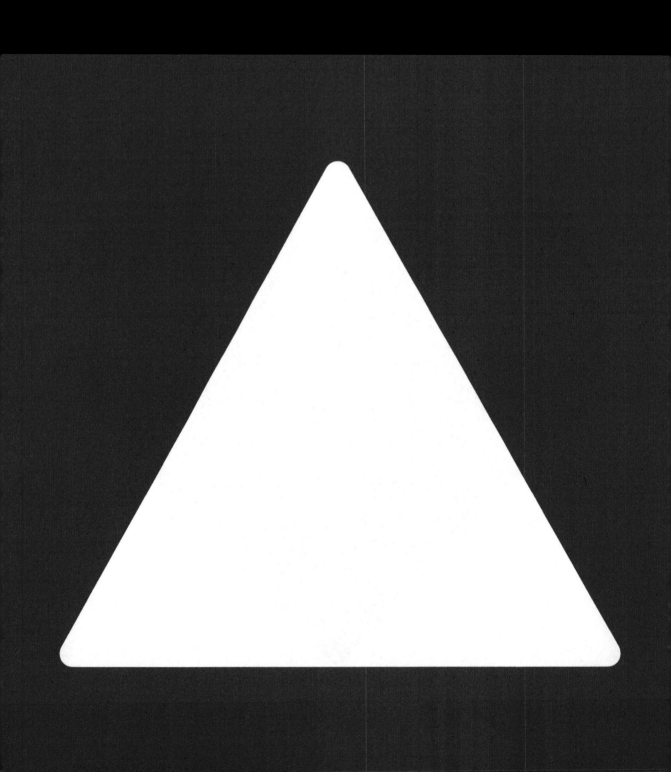

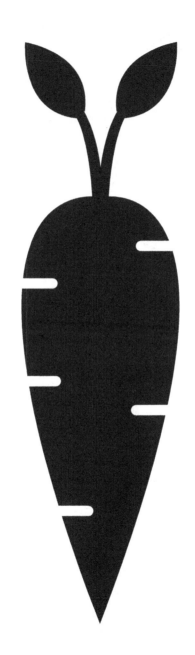

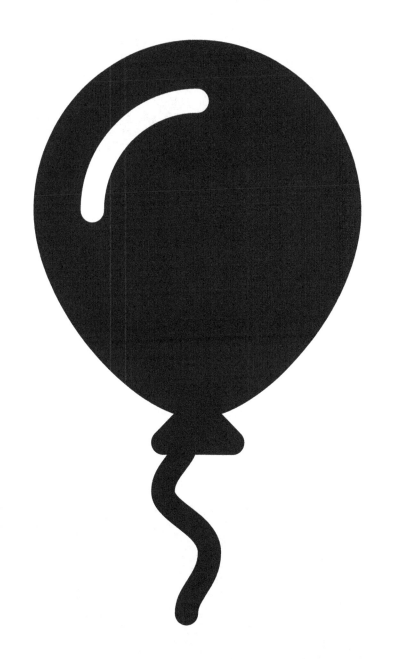

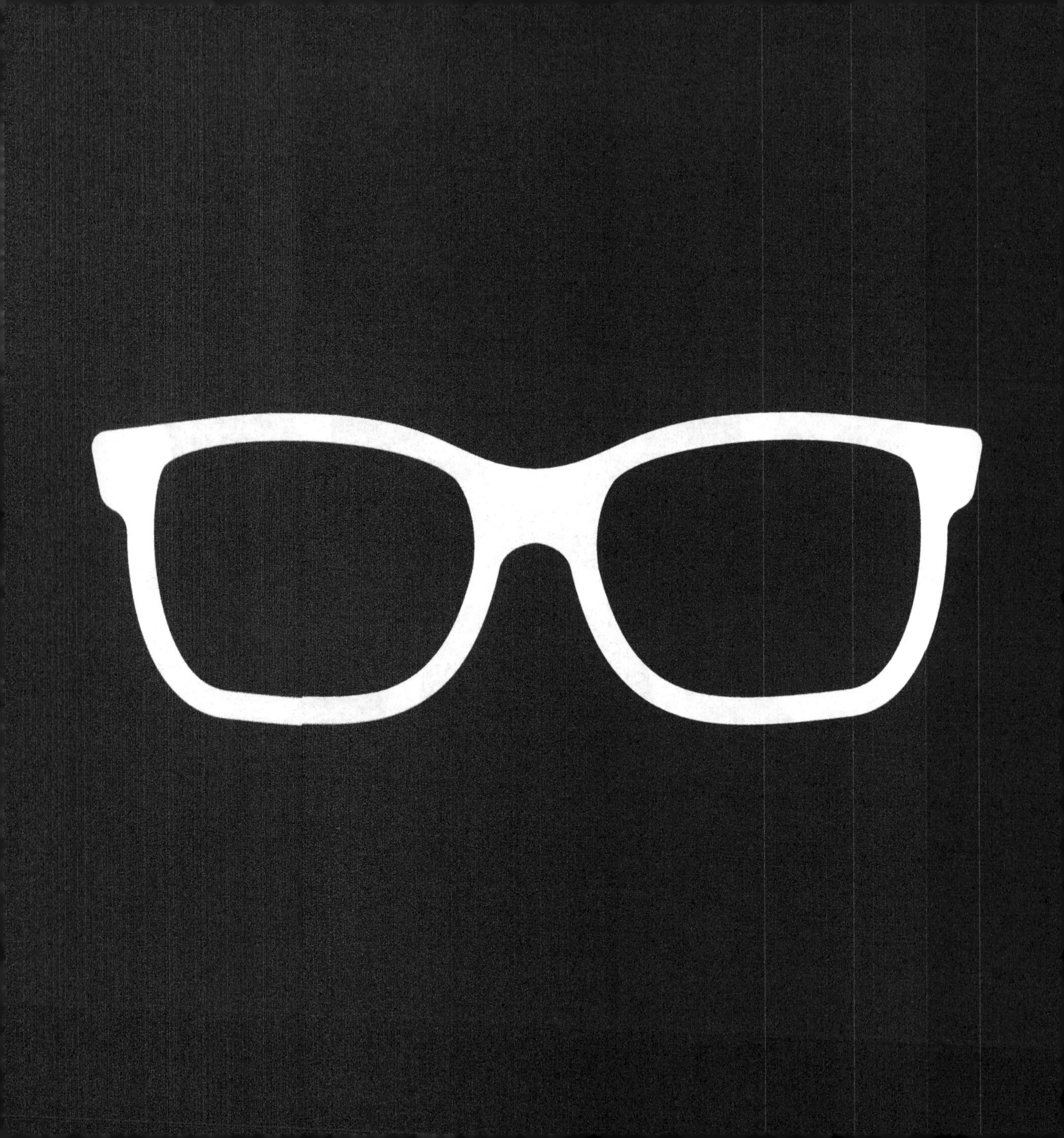

GRACIAS

.. por confiar en nosotros.

¿Te ha gustado? Háganos saber su opinión con una rápida reseña en Amazon. ¡Significaría mucho para nosotros! Muchas gracias

www.amazon.it/review/create-review

O escanee el código de al lado para ir directamente al sitio de Amazon

Si tiene algún comentario o sugerencia para mejorar este libro, por favor escríbanos a DABeditore@yahoo.com